比べない

YOH Shomei

日本標準

比べない。
どちらが上で
どちらが下か、
比べない。

比べない。
比べるから
苦しくなる。

それはそれ。
これはこれ。
それはただそうである、と
いうだけのこと。

人はよく、
どちらがどうとか
どうでないとか、
あれはこれよりいいとか
これはあれより悪いとか、
比較する。

しかし、
人の評価に関しては要注意。
そもそも人を人と比べるのは
感心できない。

あの人より私がとか、
私よりあの人がとか比べても、
それは単なる違い。
あの人はあの人。
私は、私。

ただ、違う。
それだけ。
違いと価値は
関係ない。
比べる意味もない。

あれよりはこれ、
これよりはそれ、と
比べだしたらきりがない。

比べるのは
自信のなさの現われ。
自信がないから比べる。
そして少しでも
自分が上だと思うと
安心する。

比べる心が
争いをもたらす。
だから比べない。

この世で
比べるものがないことこそ、
最高の価値。
「唯一無二」こそ
至高のもの。

それは何か？
どこにあるのか？
手に入るものなのか？

教えてあげよう。
唯一無二の
貴重なもの。

それは
あなただ。
そして
あなたの目の前にいる人。
道往く人々。
大人、子ども、老人…

すべての人がそうだ。
すべての人の存在が
かけがえなく
大切だ。

比べない。
比べることをやめると、
世界が穏やかで
ほっとするところになる。

自分自身も優しくなり、
慈しみの心も生まれる。
競う必要も争うこともない
平和な世界。

自分を人と比べない。
人を自分と比べない。
比べないで
もっと人を温かい目で見る。
もっと自分を温かい目で見る。

相手と自分、
比べるのではなく
優しい心で包みこむ。

自分をもっと大切にし、
相手を見下すことなく
敬うこと。

比べたり競ったりしないで
認めあい、高めあう。
それが大切。

相手が困っていたら
支えてあげる。
自分が困った時は
素直に助けを乞う。

人の役に立つのは
誰にとっても喜びだ。
それが、人間の
すばらしい本質なのだ。

人と人との間では、
優越感も劣等感も必要ない。

私がいて、
あなたがいて、
あの人がいる。
皆、その人なりに
一生懸命に生きている。

あれこれ比較し
批判したり非難したりせず
もっと認め合い支え合い
感謝し合うことは
できないか。

皆、各々に
良いところも
至らない点もある。
それが人間。

全ての人が
各々違った個性。
だからこそ
この世はうまくいく。

それを忘れて
自分だけが優れている、
自分だけが正しい、と
思ってはいけない。

自分が一番。
あの人より自分が、
自分よりあの人が
偉いとか偉くないとか
言うのは愚か。

相手が上だったら
くやしがったり卑屈になったり、
時には無視する。
自分が傷つかないように。

しかし、世界は広い。
上だ下だと比べてみても、
その上にはもっと上が、
その下にはもっと下が、
限りなくある。

どう比べてみても、
相対性のこの世ではきりがない。
しかし、
この世にひとつしかないものは
比べられない。

人と比べないで
自分の個性をよく知り、
それを大切にし、
伸ばしなさい。

比べない。
人は人、自分は自分。
誇ることもない。
卑下することもない。
比べなければ
優越感も劣等感も不要。

比べない。
自分のためにも、
相手のためにも。

人が比べるのは、
比べないと理解ができないから。
それではじめて
何かがわかったような
気がしたいだけ。

しかし、本当の知性は
そんなことしなくても
物事がよくわかる。
わざわざ何かと何かを
比べる必要はない。

人間は、
動物より偉くない。
人は自然より
偉くない。

バラとチューリップと
アジサイとユリは
比べられない。
桜も梅も
コブシも沈丁花も
それぞれに良い。

お金をたくさん持っているか、
名前を知られているか、
一流大学、一流企業かなど、
その人の人間性とは
ぜんぜん関係ない。

優しさや思いやり、
人間味や人柄こそが
本当の価値だ。

あれとこれ、
比べてもそれは
ひとつの分野の中での話。
にもかかわらず、
それを社会全体、人間全体に広げ
人間の評価にまで適用した。

そこに無理が生じ
幸、不幸、
勝ち、負け、
苦しみ、悲しみが生まれた。

比べる心は競う心となる。
競う心は争いを招く。
どちらが強いか。
どちらが大きいか。
どちらが速いか。
どちらが多いか。

相手がどうしても
「どちらがどうだ」と言うのなら、
「それがどうした」と応えればよい。
そしてそこから去ればよい。

「比べる」とは
非情な言葉だ。
優しさや思いやりに
欠けた見方だ。

日本標準発行の

『葉 祥明』の著書一覧

＊定価は税込価格です。（　　）に本体価格を表示しています。

ことばの花束

978-4-8208-0063-7[2003]B6 変型 /32 頁 /1050 円（1000 円）

ことばの花束 II

978-4-8208-0064-4[2003]B6 変型 /32 頁 /1050 円（1000 円）

ことばの花束 III

978-4-8208-0065-1[2003]B6 変型 /32 頁 /1050 円（1000 円）

人間関係に疲れた日、自己嫌悪に陥った日……。そんなときあなたを救ってくれることばがある。葉祥明が「ことば」の持つ本当の意味をひもとき、生きる力を与えてくれることばにかえて贈る。

ことばの花束３つのブーケ（ことばの花束３巻セット）

978-4-8208-0066-8[2003]B6 変型 / ケース付き /3150 円（3000 円）

しあわせことばのレシピ

978-4-8208-0259-4[2005]A5 変型 /56 頁 /1470 円（1400 円）

葉祥明が『ことばの花束』に続いて贈る、すべての女性への祝福にあふれたことば集。

しあわせ家族の魔法の言葉

978-4-8208-0301-0[2007]A5/56 頁 /1470 円（1400 円）

毎日のあいさつを心をこめて使いたい。家族が幸せでいられるための "魔法の言葉"。

奇跡を起こすふれあい言葉

978-4-8208-0314-0[2008]A5 変型 /56 頁 /1470 円（1400 円）

「ふれること」「ふれあうこと」という根源的な欲求が満たされにくい現代人に贈る癒しの世界。

無理しない

978-4-8208-0372-0[2008] 四六変型 /100 頁 /1260 円（1200 円）

気にしない

978-4-8208-0415-4[2009] 四六変型 /100 頁 /1260 円（1200 円）

急がない

978-4-8208-0438-3[2010] 四六変型 /104 頁 /1260 円（1200 円）

三行の智恵ー生き方について

978-4-8208-0425-3[2009]
A6 変型 /104 頁 /1050 円（1000 円）

三行の智恵ー人との関わり方

978-4-8208-0426-0[2010]
A6 変型 /104 頁 /1050 円（1000 円）

＊定価は税込価格です。
（　　）に本体価格を表示しています。

260円（1200円）
り回されて、自
、その結果自分
人に自分を取り
んな想いをやさ
ジで伝える。

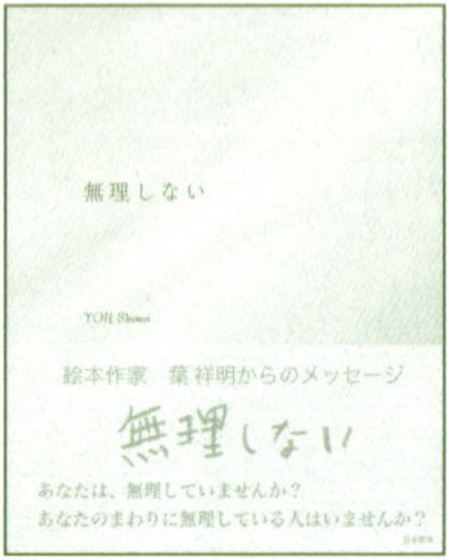

『無理しない』
四六変型／100頁／1260円（1200円）
自分や家族をふり返る余裕を持てず、仕事に埋没している現代人に、「命や健康を粗末にするな」「立ち止まって考えるゆとりを持とう」と、やさしさあふれるメッセージを伝える。

『三行の智恵―生き方について』
A6変型／104頁／1050円（1000円）
『三行の智恵―人との関わり方』
A6変型／104頁／1050円（1000円）

この2冊には、読者に生きていく勇気や力を与えるメッセージがあふれている。さりげない言葉のなかに、読み返して心を震わせ、声にして胸に沁み込んでくるものがある。次の一歩を踏み出すための心の持ち方をやさしく説いている。

『葉 祥明』からの心にしみるメッセー

『急がない』
四六変型／104頁／1260円（1200円）
時間に追われ、知らずしらず急いでいる現代人に、人生に起こるすべてをじっくり味わうことの大切さを伝える。一日一日を丁寧に生きること、悠々と生きることこそが自然の理《ことわり》であることが伝わってくる。

『気にしない』
四六変型／100 頁
自分や他人の言
分を見失い、気
を追い込んでい
戻してもらいた
しさあふれるメッ

日本標準が発行している

『葉 祥明』の本

2010年2月現在

「澄んだ色彩に心を奪われました。」

「美しい絵に見入ってしまいました。」

葉祥明さんの絵に魅せられた多くのファンがいます。

そして今さらに、

「心がいっぱいいっぱいのとき、優しい言葉に救われました。」

「一言一言に励まされ、勇気づけられました。」

……………


葉祥明さんの『言葉の力』に感動と感謝の声が数多く寄せられています。

葉 祥明（よう・しょうめい）

画家・絵本作家・詩人。1946年熊本生まれ。

「生命」「平和」など、人間の心を含めた地球上のあらゆる問題をテーマに創作活動を続けている。

1990年『風とひょう』で、ボローニャ国際児童図書展グラフィック賞受賞。

主な作品に、『地雷ではなく花をください』シリーズ（自由国民社）、『おなかの赤ちゃんとお話ししようよ』（サンマーク出版）、『心に響く声』（愛育社）、『Blue Sky』（作品社）、『ことばの花束』シリーズ、『無理しない』『気にしない』『急がない』『三行の智恵』（日本標準）ほか多数。

「比べる」は本来、
その違いを認識するための
言葉にすぎない。

しかし、往々にして
それは優劣の
評価や価値観として
使われる。

比べることは
闘争・競争・戦争に通じる。
力によって相手を屈服させ、
従わせ支配する。
勝てば利益を得、負ければ失う。
なんと浅ましい。

人は、何かと何かを比べるために、
ひとつの基準やめやすを設けた。
しかし、
それは単なる想定。
すなわち、仮のもの。

それより上を良し、
それより下を駄目、
とすることにしよう、と
誰かが勝手に作った
価値基準にすぎない。

そもそも
比べるってことは
人類以前の
動物時代に始まった。

とりわけ「オス」は
身体の大きさや、
ほえる声の大きさ、
角の長さや牙の鋭さを
競い合う。

そしてついにオス同士が闘い、
メスとなわばりを獲得する。
そんなオス・男性の本能が
この世のすべての
紛争・戦争・犯罪の
真の原因だ。

しかし、
我々は人間だ。
人間なら、人間らしく
生きようではないか。

人間らしさとは
勝ち負けではなく、
他を思いやる優しい心だ。
必要なのは
「自分」に負けない
強い心だ。

POST CARD

恐れ入りますが
切手を
お貼りください

〒350-1307

埼玉県狭山市祇園3-20　ビラ祇園2F
(株)日本標準　書籍企画事業室

お名前

年齢　　　　歳

ご住所
〒

TEL　　　　ー　　　　ー

ご職業

1. 学生（大・高・中・小・その他）2. 教職員　3. 会社員　4. 公務員
5. 自営業　6. 主婦・主夫　7. その他（　　　　　　　　　　　　）

※このはがきでいただいたご住所やお名前などは、企画の参考および商品情報をご案内する目的でのみ使用いたします。他の目的では使用いたしません。

葉 祥明　愛読者カード

ご意見、ご感想などお寄せください。

ご購入の書名（　　　　　　　　　　　　）

この本をどのようにしてお知りになりましたか。

1. 書店で見て　　2. 知人のすすめで　　3. プレゼントされて

4. 新聞・雑誌を見て（新聞・雑誌名　　　　　　　　）

5. 美術館で見て（北鎌倉・阿蘇）

6. その他（　　　　　　　　）

この本をお買い上げになった書店名

都道府県　　市区町村　　書店

この本についてのご意見、ご感想をお聞かせください。

今後、出版を希望されるテーマがございましたらお書きください。

ご感想のみSNSに掲載させていただく場合がございます。

ありがとうございました。

それは、男性だけでなく
すべての人が「人間」に
なるための心がけ。
地球の平和と安全は
それでもたらされる。

真に解放された
自由な「人間」になるには
比べない。
他人と自分を比べない。

比べない。
若さや美や華やかさを比べない。
それは表面的な
束の間のもの。
誰かと比べないで
自分独自の魅力をみがけばよい。

比べないで
理解しあう。
比べないで
助け合う。

比べるより
共感しよう。
違いより
一致を見出そう。

職業を比べる。
そんな失礼なことはない。
この社会のさまざまな場所で、
働いている人々のことを想おう。

例えば夜更けの道路工事、
駅や電車や運送トラック、
ガソリンスタンド、病院、
コンビニやスーパーで。

それは仕事だからだけど、
彼らが自分と社会のために
日夜、働いているおかげで
皆が安心して生活することが
できるのだ。

誠実に働いているかぎり、
すべての職業が尊い。
それを忘れてはいけない。

比べない。
比べるなら、
以前の自分と今の自分。

どれだけ
自分が成長したか、
どれだけ
思いやり深くなったか、
まだまだ至らぬか。

比べるのは
誇るためでなく謙虚になるため。
今の自分のありのままを知るため。
比べていい気になったり
おごりがあるなら
まだまだだってこと。

自分の未熟を知り、
高い志を持って、
なお一層の進化向上に励むなら
それは有意義。

やってはいけないこと。

それは
我が子と他の子を
比べること。

この子はこの子、
あの子はあの子、
それぞれに、ユニークな
かけがえのない存在。

完全な子はいない。
誰もが不完全な存在。
それが個性。

個性ほど大切なものはない。
個性は、
比べられるものでなく、
違って当然、違いが個性。

違いがあればあるほど面白い。
それは豊かさだ。
多様性こそ人類の可能性だ。

比べない。
兄と弟、比べない。
姉と妹、比べない。
兄弟姉妹、どの子も大切。

各々違って、ひとつの「家族」。
長所も短所もその子の個性。
性格も違って当たり前。

同じ家族なのに
のんびりやさん、
テキパキさん、
各々の性格があって
そこが面白い。
比べる必要などぜんぜんない。

様々な性格と考えが寄り集まって
この世はできている。
それでなんとかなっている。

比べない。
自分の子と他の家の子。
勉強ができる、できない。
スポーツが上手、下手。
比べるなんて
こんな意味のないことはない。

一定の尺度であてはめて、
優劣を決め、
また、そこから外れた者を
置き去りにするのは
非情なことだ。

この地球上の
草木の一本一本、
同じものはひとつもない。

林の中の木々も
様々な姿、形の木が
寄り集まってひとつの林、
ひとつの森となる。

海の魚も、空を飛ぶ鳥も
ようく見れば全部違う。
この世の命あるものは
すべて唯一無二。

人間ならばなおさらなこと。
誰も、人と比べられない。
比べられたくはない。

人を見比べる本人だって、
自分自身は
比べられるのは好まないはず。
だから、比べない。

比べるのは、もうよそう。
比べるのは人を不幸せにする。

幸せは比べられない。

幸せは、
各々が感じるものだから、
人の数だけ
幸せがある。

生き方だって比べられない。
各々の人生、各々の生活。
他人と自分を比べるなんてことを
していても仕方がない。

だれの生き方が良く、
だれの人生がつまらない、
なんてことはない。

人は各々
自分の人生を生きるために
この世に生まれてきた。
競ったり、争ったり
するためじゃない。

人は自由に
のびのびと生きていい。
他の人や他の生き物を
害しないかぎり。

人は長生きだけを善しとするが、
この世を早くに去るのも、
この世に長く留まるのも、
各々の魂の計画。

それは、比べることではない。
この世では誰にもわからないが、
そこには深い理由《わけ》がある。

だからこそ、
この世で互いに
出会えたことが、
このうえなく大切。

いのちを比べない。
比べないで、
互いの存在を喜ぶ。
家族であれ、他人であれ、
すべてのいのちが尊い。

比べる心を捨て去り、
「あなたと出会えてよかった。」
そう言って
互いに微笑みあう。

そこには
愛だけが残る。
愛こそがすべてだ。

あなたへ

あなたには、もっと自由に、幸せになってほしい。
そのためには、「比べない」ことだ。
比べるから、優劣という価値観になる。
比べない、比べられない生き方には自由がある。
のびやかさとおおらかさがある。
それは決して、
逃げや敗北主義や弱者のつぶやきではない。
人間らしく生きたい、
自分らしくありたい、という
魂の叫びだ。

葉 祥明

比べない

2010年5月10日　初版第1刷発行

著者：葉 祥明
カバー写真：葉 祥明
造本・装丁：水崎真奈美（BOTANICA）
発行者：山田雅彦
発行所：株式会社 日本標準
〒167-0052　東京都杉並区南荻窪3-31-18
Tel：03-3334-2620　Fax：03-3334-2623
http://www.nipponhyojun.co.jp/
印刷：小宮山印刷株式会社
製本：大口製本印刷株式会社

ISBN 978-4-8208-0462-8　C0095
Printed in Japan